EL
PROBLEMA DE
100 LIBRAS

Escrito por Jennifer Dussling
Ilustrado por Rebecca Thornburgh
Adaptación al español por Alma B. Ramírez

Kane Press, Inc.
New York

Book Design/Art Direction: Roberta Pressel

Library of Congress Cataloging-in-Publication Data

Dussling, Jennifer.
   The 100-pound problem/by Jennifer Dussling; illustrated by Rebecca Thornburgh.
      p. cm. — (Math matters.)
   Summary: Before he can go fishing, a boy has to figure out how to get himself, his dog and all his gear out to an island in a boat that can only carry 100 pounds.
      ISBN 1-57565-154-8 (pbk. : alk. paper)
      [1. Weights and measures—Fiction. 2. Boats and boating—Fiction.] I. Title: One-hundred-pound problem. II. Thornburgh, Rebecca McKillip, ill. III. Title. IV. Series.
   PZ7.D943 Aaj 2000
   [E]—dc21   99-42679
                                                                          CIP
                                                                           AC

10 9 8 7 6 5 4 3 2 1

First published in the United States of America in 2000 by Kane Press Inc.
Printed in Hong Kong.

MATH MATTERS is a registered trademark of Kane Press Inc.

Era un radiante día de sol. Un día en que no había clases. Un día perfecto para ir de pesca. Y eso era justo lo que Walt iba a hacer.

La gente pescaba en la orilla. No habían pescado demasiado. Pero eso no le molestaba a Walt. Él iba a la isla, gracias a su primo Roger.

Roger había dicho que Walt podía
llevar su bote. No dejaba que cualquiera
lo usara. Su papá lo había hecho y era
especial.

LAS REGLAS DE MANEJO
DE UN BOTE
• No sobrecargue el bote
• Use chaleco salvavidas
• Si arriba una tormenta,
  dirijase a la orilla

~Consejo de Seguridad Acuática~

5

Walt bajó sus cosas. Al momento, su perro Patch empezó a olfatear la bolsa del almuerzo. Eran los emparedados de asado. —¡No, Patch! —dijo Walt. Patch pareció sentirse culpable.

Walt volteó el bote. Había algo escrito en él.

ESTE BOTE SÓLO SOSTIENE 100 LIBRAS.
— ROGER

—Cielos —le dijo Walt a Patch—. ¡Apuesto que llevamos más de 100 libras!

Walt sabía que él pesaba más o menos 65 libras. La enfermera de la escuela se lo había dicho. Patch pesaba 20 libras. Eso había dicho el veterinario. ¡Ahí ya eran 85 libras!

Aparte, iban todas sus cosas. Su
almuerzo, su equipo de pesca, su mochila
pesada. ¿Cuánto pesaría todo eso?

—Qué lástima que no tenemos una balanza ¿no, Patch? —dijo Walt.

Entonces le llegó la idea. ¡Podría hacer una balanza!

Walt encontró una tabla que había sido
de un bote viejo. La balanceó sobre una
piedra. Parecía un subibaja.

LA BALANZA DE WALT

—Bien Patch —dijo Walt—. Me vas a ayudar.

Walt señaló hacia la balanza. Patch saltó encima de ella.

—Ahora puedo averiguar el peso de mis cosas comparado a tu peso —explicó Walt.

Cuidadosamente colocó la mochila en la balanza. La balanza no se movió. Eso quería decir que la mochila pesaba menos que Patch.

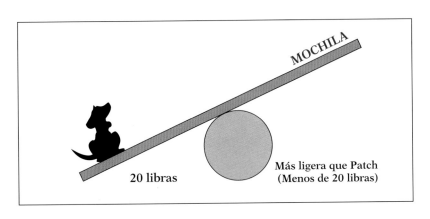

MOCHILA

20 libras

Más ligera que Patch
(Menos de 20 libras)

—Ahora pesaré el equipo de pesca
—dijo Walt.

La balanza aún no se movió. Así que el
equipo también era más ligero que
Patch.

—¿Sabes? —dijo Walt—. ¡Voy a poner
TODAS mis cosas en la balanza!

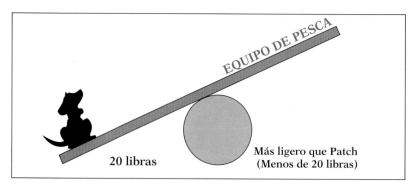

EQUIPO DE PESCA

20 libras

Más ligero que Patch
(Menos de 20 libras)

Eso hizo – ¡y el lado de Patch se elevó!

Ahora Walt sabía que las tres cosas juntas pesaban más que Patch.

20 libras

ALMUERZO
EQUIPO DE PESCA
MOCHILA

¡Más pesado
que Patch!
(Más de 20 libras)

13

—¿Qué si quito algo? —se preguntó Walt.

Le dijo a Patch que se sentara de nuevo en la balanza. Y entonces, Walt quitó su almuerzo.

¡La balanza se equilibró!

—¡Asombroso! —dijo Walt—. Eso quiere decir que el equipo de pesca más la mochila pesan 20 libras -¡igual que tú Patch!

EQUIPO DE PESCA
MOCHILA

20 libras · ¡Igual que Patch!
(20 libras)

—Ahora ya sé que hacer —dijo Walt—.
Llevaré pocas cosas a la vez. Y tendré
cuidado de no llevar más de 100 libras en
el bote.

En su primer viaje, Walt llevó su almuerzo y su equipo de pesca.

Mientras se empujaba para salir, Patch miraba a Walt con ojos tristes.

—Lo siento, chico —dijo Walt—. Pero si te llevara a ti también, tendríamos más de 100 libras. Puedes ir la próxima vez.

¡FELIZ CUMPLEAÑOS DANA!

El bote rozaba el agua al cruzar la bahía. A un lado, ¡una ave arrancó a un pez del agua!

"Espero tener la misma suerte que ese pájaro," pensó Walt.

BOTE SÓLO
100 LIBRAS.
— ROGER

Le tomó a Walt sólo unos minutos para
remar su equipo y su almuerzo a la isla y
regresar a la orilla. Patch lo esperaba. —¡Sube,
chico! —dijo Walt.

Walt miró su mochila. "No estoy seguro
cuánto pesa la mochila," pensó. "Para estar
seguro voy a tomar otro viaje."

A Patch le encantó el viaje en el bote. Cada vez que miraba otro bote, le ladraba para saludarle. Un bote llevaba un perro grande. Patch se emocionó mucho. Ladró y meneó el rabo hasta que el otro perro le regresó el ladrido.

ESTE BOTE SÓLO SOSTIENE 100 LIBRAS. – ROGER

Cuando Walt llegó a la isla, Patch saltó del bote y corrió directamente a la bolsa del almuerzo. La olfateó y gimió.

—¡No, Patch! —chilló Walt. Eran los emparedados de asado. Patch *adoraba* el asado.

"¡Oh – oh!" pensó Walt. "Necesito ir por mi mochila. Pero no puedo dejar a Patch aquí con los emparedados. ¡Se desaparecerán de aquí a que regrese!"

—¡Ya sé! —dijo Walt. La respuesta era
fácil. Podría dejar a Patch en la isla – y
llevarse la bolsa con el almuerzo en el bote.
—Regreso en poco tiempo —le dijo a
Patch.

Cuando Walt llegó de su tercer viaje, Patch empezó a saltar y a ladrar. —Te da gusto verme, ¿o son los emparedados? —bromeó Walt.

Llegó a la orilla y respiró profundamete. Ahora tenía todo justo donde lo quería.

—¿Adivina qué, Patch? —dijo Walt—. ¡Es hora de ir de pesca! Patch saltó dentro del bote.

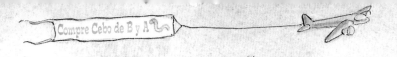

Compre Cebo de B y A

ESTE BOTE SÓLO
SOSTIENE 100 LIBRAS.
— ROGER

Walt remó mar afuera, y echó la línea al agua. Al fin estaba haciendo lo que había querido hacer. Estaba pescando. Se sentía estupendo.

25

De repente algo jaló la línea de Walt.
¡Un jalón fuerte! Eso quería decir que un
pez tenía el cebo. ¡Un pez grande!

El palo se dobló como un arco, pero
Walt lo mantuvo firme. El pez luchó y
luchó. Patch ladró y ladró.

Al fin, Walt arrolló el hilo de la caña y
atrapó al pez.

Era un pescado grande… ¡un pescado pesado! ¡Oh, no! ¿Cómo podría el bote detener a Walt, y a Patch, y al equipo de pesca, y al pescado grande y pesado?

Antes de que Walt pudiera decidir qué hacer…

¡PLAS!
¡Patch ya lo había averiguado!

Patch nadó a la isla. Se sacudió hasta secarse. Y luego, mientras Walt lo miraba desde el bote, Patch se dió su propia recompensa por haber sido un perro tan astuto.

A Walt no le importó. Después de todo, había pasado un gran día. Había atrapado un enorme pescado, y había resuelto el problema de las 100 libras. ¿Lo podría haber hecho sin Patch? ¡De ninguna manera!

GRÁFICA DEL PESO

Mira la balanza de Walt. ¿Cómo se compara cada peso con la caja de misterio?

1. Walt pesa mucho más.

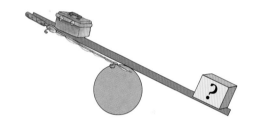

2. El equipo de pesca es más ligero

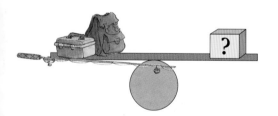

3. La mochila y el equipo de pesca pesan más o menos lo mismo.

4. El pez y la mochila son más pesados.

¿QUÉ HAY EN LA CAJA?